EL MILAGRO
© Romi Kirilova
Diseño de portada: Dpto. de Diseño Gráfico Exlibric

Iª edición

© ExLibric, 2026.

Editado por: ExLibric
c/ Cueva de Viera, 2, Local 3
Centro Negocios CADI
29200 Antequera (Málaga)
Teléfono: 952 70 60 04
Fax: 952 84 55 03
Correo electrónico: exlibric@exlibric.com
Internet: www.exlibric.com

ISBN: 979-13-88255-37-3
Depósito Legal: MA 521-2026

Impresión: PODiPrint
Impreso en Andalucía – España

Nota de la editorial: ExLibric pertenece a Innovación y Cualificación S. L.

ROMI KIRILOVA

EL MILAGRO

ExLibric

ANTEQUERA 2026

Esta historia ocurrió en un lugar impreciso y en un tiempo que nadie ha podido señalar con exactitud. Algunos dicen que sucedió muy lejos, en tierras remotas; otros aseguran que ocurrió más cerca de lo que imaginamos. También hay quienes afirman que pasó hace muchísimos años, mientras que otros sostienen que no ocurrió hace tanto tiempo. La verdad es que nadie lo sabe con certeza, y quizá eso mismo forma parte de su misterio.

Lo que sí se sabe es que la historia fue contada una y otra vez por muchas personas distintas. Pasó de boca en boca, de generación en generación, viajando a través de los años como suelen hacerlo las leyendas. Y, como sucede con todas las historias que sobreviven al paso del tiempo, cada narrador la relató a su manera, añadiendo matices propios, cambiando detalles o resaltando aquello que más le había impresionado.

Porque las historias no se transmiten solamente tal como se escuchan. También se cuentan según la forma en que cada persona las comprende y las siente. La memoria, la imaginación y las emociones de quien las narra se mezclan inevitablemente con los hechos, transformándolos poco a poco.

Así, con cada nueva voz que la repite, la historia vuelve a nacer de nuevo, ligeramente distinta, pero conservando siempre su esencia. De ese modo ha llegado hasta nosotros esta leyenda: moldeada por muchas miradas, enriquecida por muchas voces y envuelta en el misterio que solo poseen las historias que han vivido durante mucho tiempo en la memoria de la gente.

En una gran casa situada en una amplia calle de una gran ciudad vivía un hombre con su hija. La madre había muerto hacía ya varios años, cuando la niña aún era pequeña, y desde entonces el padre había dedicado su vida entera a cuidarla y a procurar que no le faltara nada.

Con el paso del tiempo, la niña fue creciendo como crecen todos los niños: poco a poco, casi sin que nadie lo note. Sin embargo, mientras ella cambiaba y dejaba atrás la infancia, el padre parecía no darse cuenta de ello. Seguía atento a cada uno de sus pasos, observándola con una mezcla de preocupación y afecto.

Para él, su hija seguía siendo la misma niña frágil que había quedado sin madre tantos años atrás. Por eso la vigilaba con un cuidado casi excesivo y la trataba con la misma protección y ternura que se tiene con una niña muy pequeña, como si el tiempo no hubiera pasado para ella.

Hasta que un día la muchacha, antes alegre y despreocupada, comenzó a cambiar. Poco a poco se volvió más callada y pensativa, como si algo dentro de ella hubiera despertado sin que nadie pudiera explicarlo.

Empezó a pasar largos días en casa, quedándose durante horas junto a la ventana. Desde allí miraba el mundo exterior con una atención tranquila y silenciosa. Observaba a las aves que cruzaban el cielo con sus vuelos libres y a los gatos que caminaban y saltaban con agilidad por los tejados.

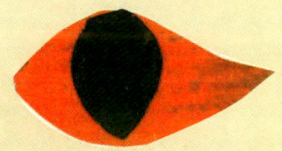

Preocupado, el padre, que la observaba como si tuviera mil ojos puestos en ella, empezó a pensar que su hija estaba enferma. Su silencio, su distracción constante y aquella mirada perdida le parecían señales de algo que no alcanzaba a comprender. Sin embargo, un día entendió la verdad: la muchacha estaba enamorada.

No encontraba otra explicación para aquel aire soñador que la acompañaba a todas horas. Caminaba distraída, sonreía sin motivo aparente y pasaba largos momentos absorta en sus pensamientos. Además, ya no le contaba todo como hacía cuando era niña. Poco a poco había empezado a guardar cosas para sí misma, como si una parte de su vida hubiera dejado de pertenecerle.

El hombre, incapaz de compartir aquella nueva felicidad, sintió que la sonrisa de su hija ya no estaba dirigida a él. Entonces imaginó el futuro que le esperaba: algún día ella se marcharía para comenzar su propia vida, y él quedaría solo en aquella gran casa. Se vio a sí mismo enfrentando una vejez silenciosa y solitaria.

Aterrorizado por ese pensamiento, y lleno de tristeza y desesperación, decidió buscar consejo. Recordó entonces a una excéntrica mujer de la que había oído hablar muchas veces. Pocos aseguraban haberla visto, pero todo el mundo decía que conocía secretos de magia y que era capaz de cambiar el destino de las personas.

Pero ¿cómo encontrarla? Según contaban, no hacía falta preguntar ni buscar demasiado. Bastaba con seguir el vuelo de una paloma. Si uno tenía paciencia y caminaba tras ella el tiempo suficiente, tarde o temprano acabaría llegando hasta la misteriosa mujer.

Así fue como, una mañana, el padre salió de casa decidido a seguir el vuelo de las palomas. Caminó durante largo tiempo, guiándose por sus giros en el aire y por el rumbo caprichoso de sus alas, hasta que finalmente llegó a un lugar apartado donde se alzaba la casa de la bruja.

—Te ayudaré —dijo la mujer—, pero debes aceptar que tu hija se case. Ahora vuelve a casa. Cuando llegues, encontrarás en tu habitación un vestido de novia. Ese será tu regalo de boda. Y recuerda bien esto: ese vestido la salvará del novio. Debes saber también que la única persona capaz de romper mi hechizo es tu propia hija.

El hombre regresó a su casa con el corazón lleno de dudas. Al entrar en su habitación, tal como la bruja le había anunciado, encontró allí un precioso vestido de novia. Lo observó con asombro y desconcierto, incapaz de comprender del todo el poder que podía esconder aquella prenda.

No pasó mucho tiempo antes de que la muchacha presentara a su novio a su padre. Los dos jóvenes hablaron con alegría y anunciaron que se amaban y que deseaban casarse. Sus rostros reflejaban una felicidad sincera y una ilusión difícil de ocultar.

El padre los escuchó en silencio. Finalmente les dio su bendición, aunque en su interior sentía con más fuerza que nunca el dolor y el miedo de perder a su hija. Aun así, trató de sonreír y les prometió que, como regalo de boda, él mismo le daría a la novia un hermoso vestido para el día de la ceremonia.

Llegó por fin el día de la boda, un día claro y cálido. El sol brillaba con fuerza en el cielo y los pájaros cantaban como si también quisieran celebrar aquel momento.

La joven, vestida con su traje de novia adornado con innumerables botones de diamante, parecía la novia más hermosa que nadie hubiera visto jamás. El vestido resplandecía con la luz del día y realzaba aún más su belleza y su alegría.

Familiares, amigos y conocidos se reunieron para acompañar a los dos jóvenes en aquella ocasión tan especial. Todos los miraban con admiración y les ofrecían palabras de felicitación y buenos deseos. Los novios, tomados de la mano, sonreían felices, rodeados por el cariño de quienes compartían con ellos aquel día tan esperado.

Al caer la noche, cuando la fiesta terminó y los invitados se marcharon uno tras otro, los recién casados se quedaron por fin solos. Era la primera noche que pasaban juntos, una noche que ambos habían esperado durante mucho tiempo, llena de ilusión, amor y una dulce impaciencia.

El joven comenzó a desabrochar con cuidado los brillantes botones de diamante del vestido de su esposa. Uno a uno los iba soltando, avanzando lentamente por la larga fila que recorría la espalda del traje. Sin embargo, cuando llegaba a los últimos, algo extraño ocurría: los primeros volvían a cerrarse solos, como si una fuerza invisible los abrochara de nuevo. Así, el vestido permanecía siempre sujeto al cuerpo de la muchacha y nunca podía ser retirado.

El novio, consumido por el deseo de estar junto a ella, seguía intentándolo sin descanso. Una y otra vez volvía a desabrochar los botones, solo para descubrir que estos se cerraban de nuevo en silencio. Las horas de la noche fueron pasando mientras él repetía el mismo gesto, atrapado en aquel extraño y obstinado esfuerzo.

Las lágrimas de la novia, que observaba la escena con angustia, no lograban apagar el ardor que consumía al joven. Y cuando finalmente llegó el amanecer, después de aquella larga y desesperada noche, el novio se había convertido en un simple trozo de carbón.

Las lágrimas de la desdichada muchacha siguieron cayendo durante mucho tiempo sobre las cenizas, como si con ellas quisiera devolver la vida a aquello que había perdido. Día tras día permanecía junto a aquel pequeño montón oscuro, incapaz de apartarse, llorando en silencio y recordando el amor que tan pronto le había sido arrebatado.

Así pasó el tiempo, hasta que un día alguien le habló de una bruja que, según decían, conocía secretos capaces de cambiar el destino de las personas. Aquella mujer —contaban— podía hacer magia y alterar el curso de lo que parecía irremediable.

Decidida a intentarlo, la joven emprendió el camino para encontrarla. Las palomas, como si comprendieran su pena, le facilitaron el viaje guiándola con su vuelo. Siguiéndolas pacientemente, llegó finalmente hasta la casa que buscaba.

Y, como si ya conociera su llegada, la bruja le abrió la puerta con amabilidad, esperándola.

—Sé cómo puedes salvarlo —le dijo—. Detrás de nueve montes, detrás de nueve puertas custodiadas por un temible dragón, existe un pozo con agua viva. Tienes que llegar a ese lugar y, antes de que despierte el dragón, llenar esta botella. De regreso, no tienes que perder ni una sola gota. La mitad de la botella será para ti y el resto lo echarás sobre las cenizas de tu chico.   l volverá a vivir y seréis más felices que antes. Sigue a esta paloma, ella te enseñará el camino.

La salida del sol del día siguiente fue maravillosa. Las hierbas bajo los pies de la chica brillaban por el rocío, pero ella cantaba sin parar solo mirando la paloma y pensando: ¡Deprisa, deprisa! Esta noche salvaré a mi amor   . Pero el camino se volvía cada vez más duro y abrupto, sin fin.

El día pasó, pasó la noche y otro día, otra noche, semanas, meses. Su vestido se convirtió en trapos y los dolores que sufría su cuerpo eran insoportables. Las bestias salvajes no le hacían daño y la única compañía que tenía era la paloma que la esperaba en los árboles bajo la luz de la luna.

Una madrugada, la chica vio a lo lejos un castillo y, cuando se acercó, supo que había cruzado las nueve montañas. Pasó las nueve puertas y se encontró con el horrible dragón dormido. Tenía enormes dientes y una larga cola cubierta de pinchos rodeaba el pozo de agua viva.

A pesar del miedo que la invadía, llegó hasta el pozo y se inclinó para mirar en su interior. En la superficie del agua se reflejaba el rostro de una anciana. Entonces comprendió, con una claridad repentina y cruel, que habían pasado muchos años: había envejecido. Ya no era la joven que un día partió con la esperanza de salvar a su novio. Con el corazón oprimido por el horror, llenó la botella de la bruja y emprendió el camino de regreso antes de que la bestia despertara.

Su regreso fue aún más duro y doloroso. Apenas podía avanzar, se arrastraba, convencida por momentos de que le sería imposible continuar. Varias veces estuvo a punto de perder de vista a la paloma que la guiaba. En una ocasión, vencida por el cansancio, perdió las fuerzas y el equilibrio y dejó caer la botella. Parte del agua viva se derramó en el suelo. Con un sobresalto, la recogió y la abrazó contra el pecho antes de reemprender el camino, decidida a llegar, como fuera, hasta su casa.

Cuando por fin llegó, exhausta y abatida, la invadió una duda amarga: tal vez el esfuerzo de toda su vida no había servido para nada. Aun así, vertió la mitad del agua que quedaba sobre el carbón. Al ver que no ocurría nada, y con el corazón encogido, volcó el resto de la botella sin dejar caer ni una sola gota.

Entonces, aquello que quedaba de su novio comenzó a transformarse, hasta convertirse de nuevo en el joven apuesto que ella recordaba.

Volvieron a vivir juntos, tranquilos y unidos, como dos palomas que se cuidan mutuamente. Se protegían el uno al otro —el joven y la vieja—. Salían poco, casi siempre de la mano, abrazados al caminar. A ella le costaba avanzar y se apoyaba en él para no caer.

Quienes no sabían que había atravesado nueve montañas, ida y vuelta, para salvar a su amor, no comprendían aquella pareja tan extraña. Desde fuera, parecía imposible. Ella podía ser su madre, incluso su abuela... y las malas lenguas, como suele ocurrir, no tuvieron piedad.

Una vez los invitaron a una boda con la intención de burlarse de ellos y reír a su costa. Casi todos estaban convencidos de que no se atreverían a ir sin embargo, aparecieron juntos, abrazados.

Caminaban despacio, pero con serenidad, y parecían felices. Demasiado felices para el gusto de algunos.

—Vaya par de enamorados —exclamó alguien.

Los demás estallaron en risas.

Entonces el muchacho miró a la vieja a los ojos y, alzando un poco la voz para que todos pudieran oírlo, dijo:

—Eres la mujer más hermosa del mundo y siempre te querré.

Después de escuchar aquellas palabras, ella empezó a rejuvenecer. Primero fue un leve cambio, casi imperceptible, pero enseguida su rostro y su cuerpo recuperaron la juventud, hasta convertirse de nuevo en la muchacha que, tiempo atrás, apagaba con sus lágrimas el fuego que consumía a su novio.

Entonces comenzaron a caer flores del cielo, quedando la tierra cubierta de pétalos, como si celebraran aquel instante. Y todos los que antes se habían reído de ellos quedaron convertidos en piedra.

Desde entonces, el día en que la novia volvió a ser joven se celebra como la fiesta de las alfombras de pétalos, y aquel lugar pasó a conocerse como la boda de las piedras.

Los jóvenes visitaron al padre anciano hasta su fin.

Nadie supo jamás si llegó a arrepentirse por su intromisión.